Nowruz Coloring and Activity Book

First Printing, 2021

ISBN: 9798715062079

THIS BOOK BELONGS TO

♡ Laleh Ghasemzadeh ♡

آهای آهای بهاره
عید اومده دوباره
گل های زرد و لاله
روئیده هر کناره
بهاره و بهاره
بهار صفا میاره
بلبل رو شاخه گل
گنجشکه رو چناره
داره آواز می خونه
این آغاز بهاره
بهاره و بهاره
بهار صفا میاره

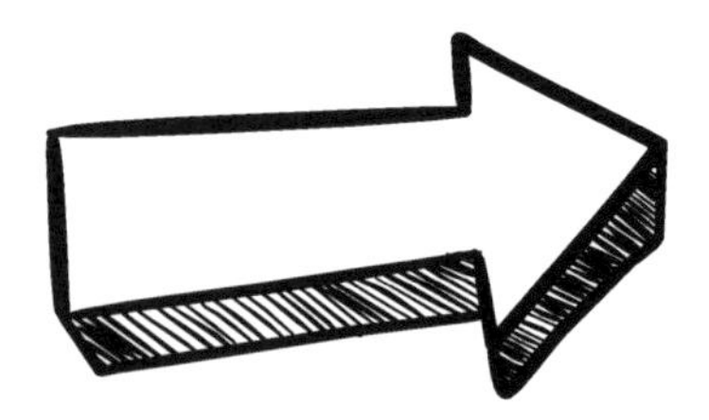

On the next page:

Chaharshanbe Suri is the Persian festival of fire, celebrated on the eve of last Wednesday before Nowruz.

چهارشنبه سوری، فستیوال آتش است که در شب قبل از آخرین چهارشنبه سال (قبل از نوروز) آن را جشن میگیرند.

COLORING
زردی من از تو
سرخی تو از من

Attach a photo of your Chaharshanbeh Suri here.

یک عکس از چهارشنبه سوری خودت اینجا بچسبان.

Year Taken

....

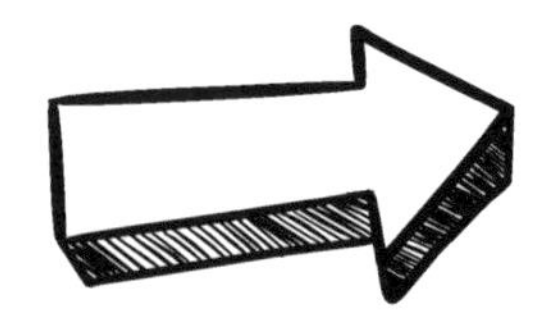

On the next page:

Color the Haft Seen eggs.

در صفحه روبه‌رو، تخم مرغ‌های هفت سین را رنگ کن.

COLORING

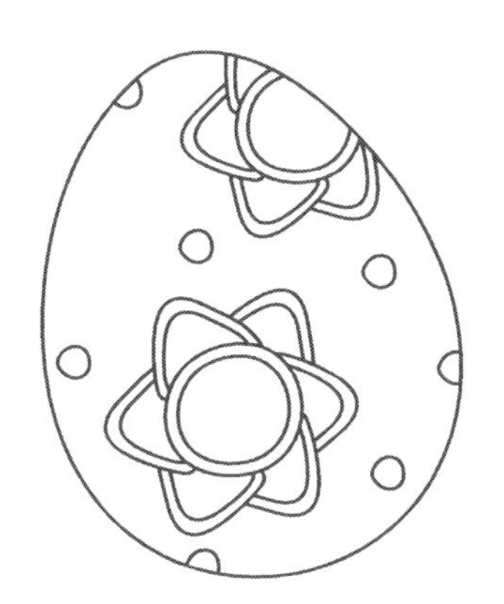

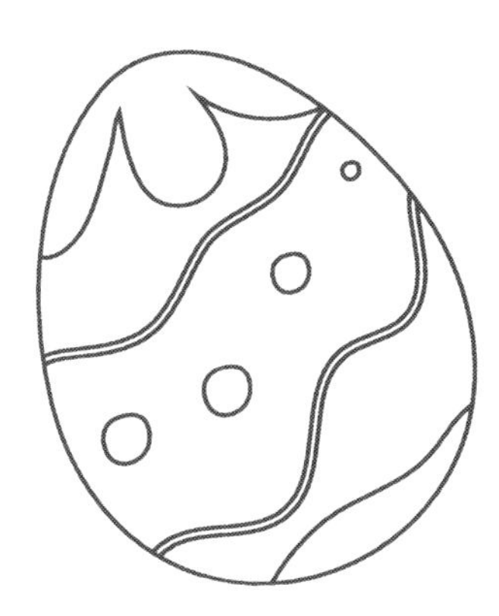

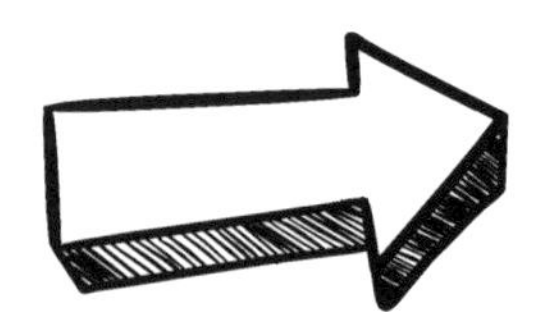

On the next page:

Color by numbers; 1: Red 2: Orange 3: Blue 4: Dark Blue 5: Green

در صفحه روبه‌رو، اشکال را بر اساس شماره رنگ کن؛ ۱. قرمز ۲.نارنجی ۳. آبی ۴. آبی پررنگ ۵. سبز

COLOR BY NUMBERS

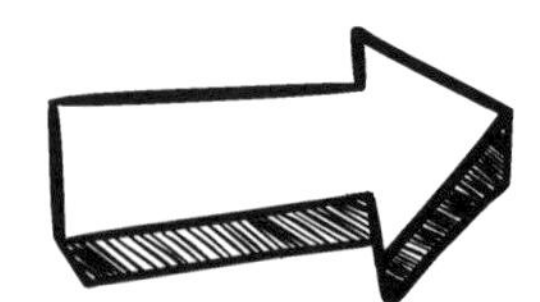

On the next page:

Connect all the dots in order to complete Amoo Nowruz image.

در صفحه رو به رو، شماره‌ها را به ترتیب به هم وصل کن تا شکل عمو نوروز کامل شود.

DOT-TO-DOT

1
2
3
4
5
6
7
8
9
10
11
12
13
14
15
16
17
18
19
20
21
22
23
24
25
26
27
28
29
30
31
32
33
34
35
36
37
38
39
40
41
42
43
44
45
46
47
48
49
50
51
52
53
54
55
56
57
58
59
60
61
62
63
64
65

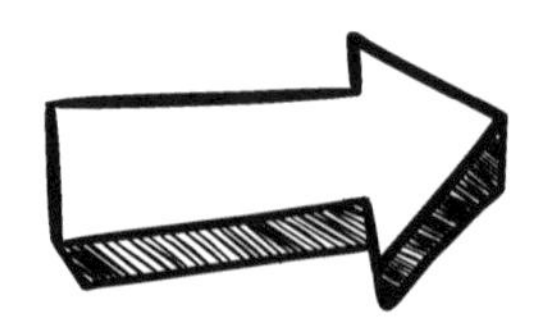

On the next page:

Color Haft Seen.

در صفحه رو به رو، هفت سین را رنگ کن.

COLORING

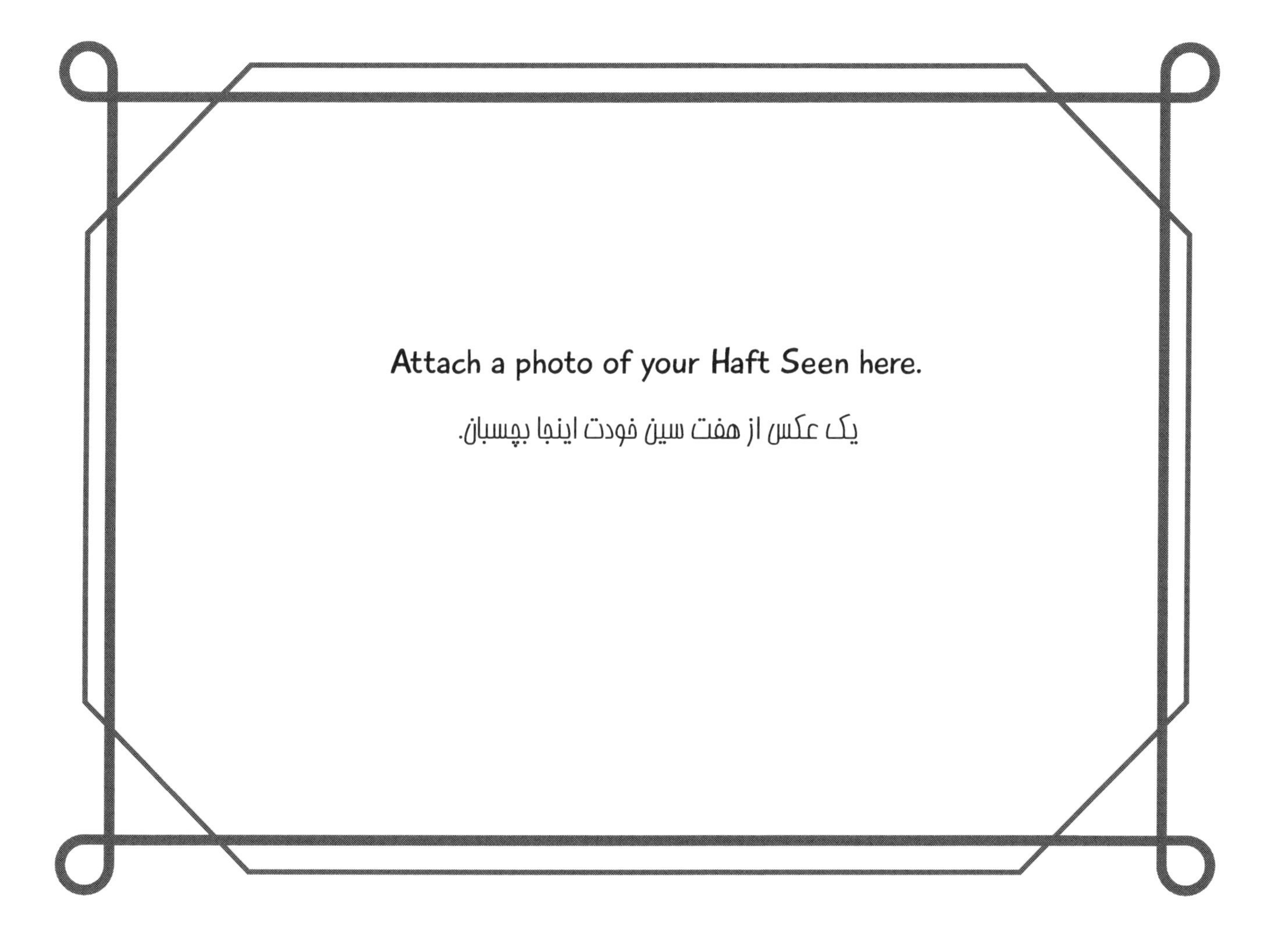
Attach a photo of your Haft Seen here.
یک عکس از هفت سین خودت اینجا بچسبان.

Year Taken

....

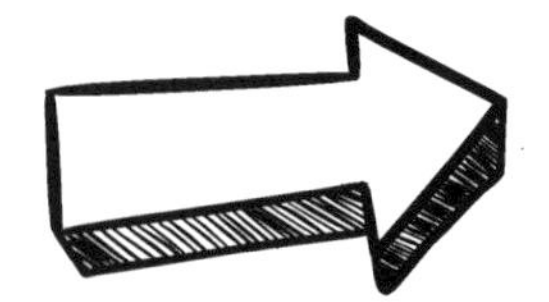

On the next page:

Find words in the table. Answer key is on the last page.

در صفحه رو به رو، لغت‌ها را در جدول پیدا کن. جواب در صفحه آخر است.

WORD SEARCH

س	ع	د	ز	م	ت	ف	ل	پ	خ
م	ر	ی	ش	ه	ک	س	گ	ش	ن
ن	ی	ا	د	چ	س	ه	ک	ر	س
و	د	ج	ن	س	ی	ج	ع	س	ص
ه	ن	ی	ی	آ	ب	ل	ی	ب	ر
ل	گ	ش	ن	غ	ف	م	د	ز	ن
ت	چ	د	گ	ب	ت	ا	ی	ه	چ
ن	ر	و	ا	م	س	ه	ط	ص	ن
ط	ل	ب	ن	س	ف	ی	ع	م	ش
و	ف	د	ل	آ	ن	ع	چ	غ	ب

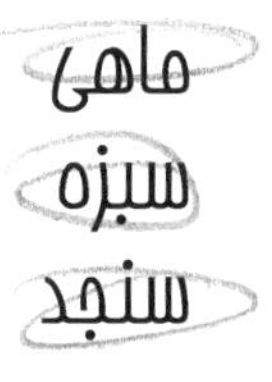

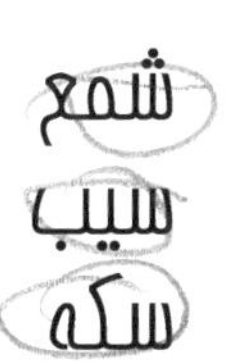

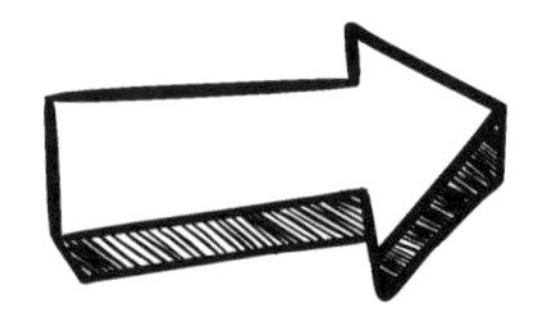

On the next page:

Cut the shapes, and glue them to the image, where kids are playing at Sizdah Be-dar.

بچه‌ها در سیزده به در مشغول بازی هستند. اشکال صفحه روبه‌رو را ببر و در تصویر بچسبان. سپس رنگ‌آمیزی کن.

CUT & GLUE

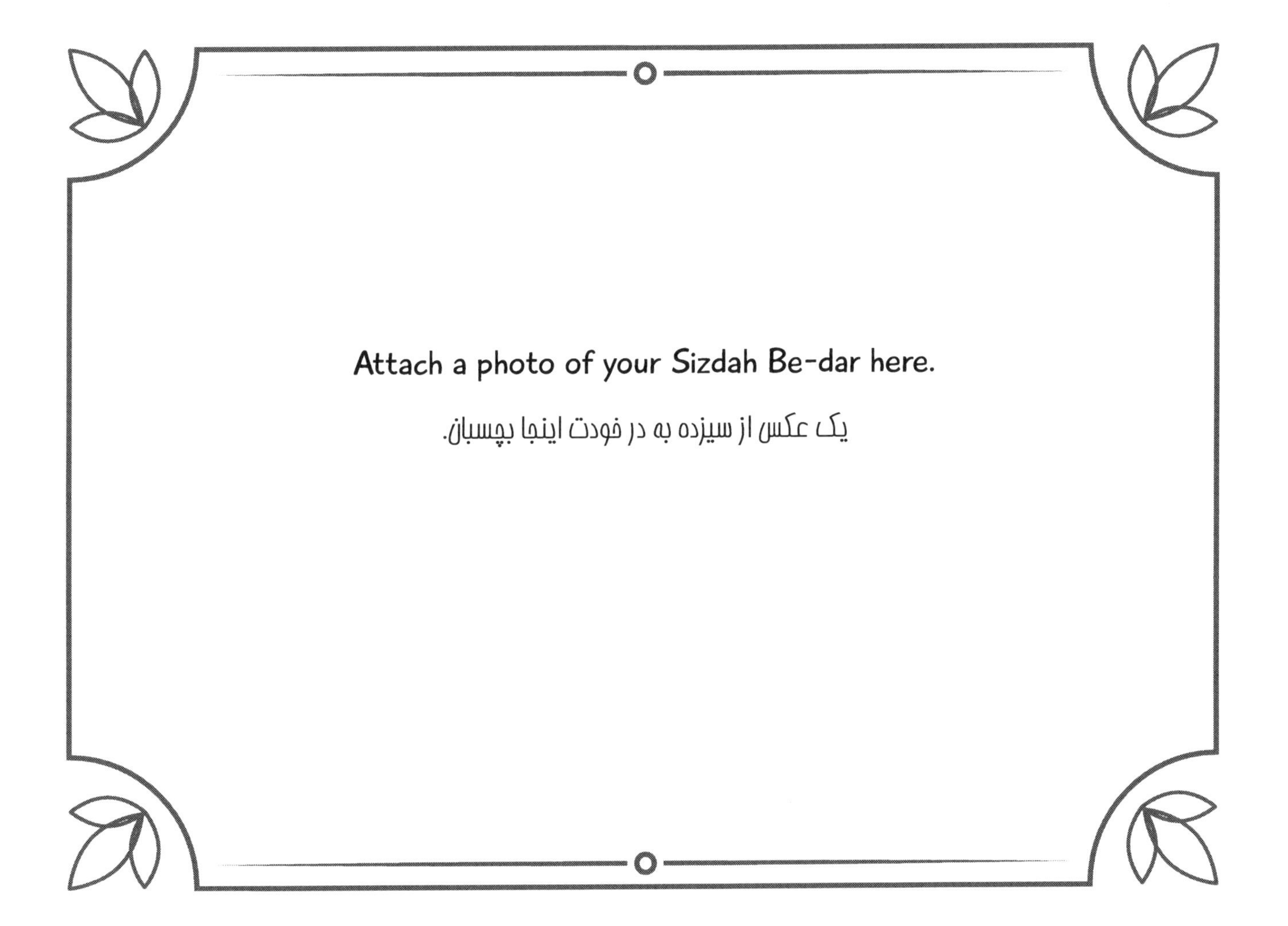

Attach a photo of your Sizdah Be-dar here.

یک عکس از سیزده به در خودت اینجا بچسبان.

Year Taken

....

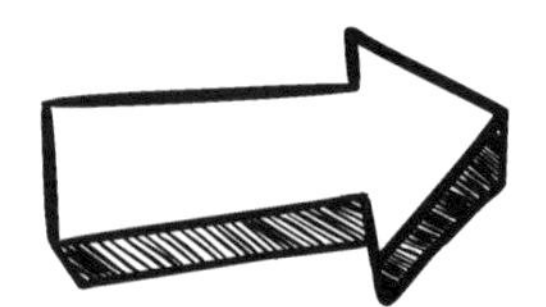

On the next page:

Help the little fish to find his way home. Answer key is on the last page.

در صفحه رو به رو، به ماهی کوچک کمک کن که راه خانه را پیدا کند.

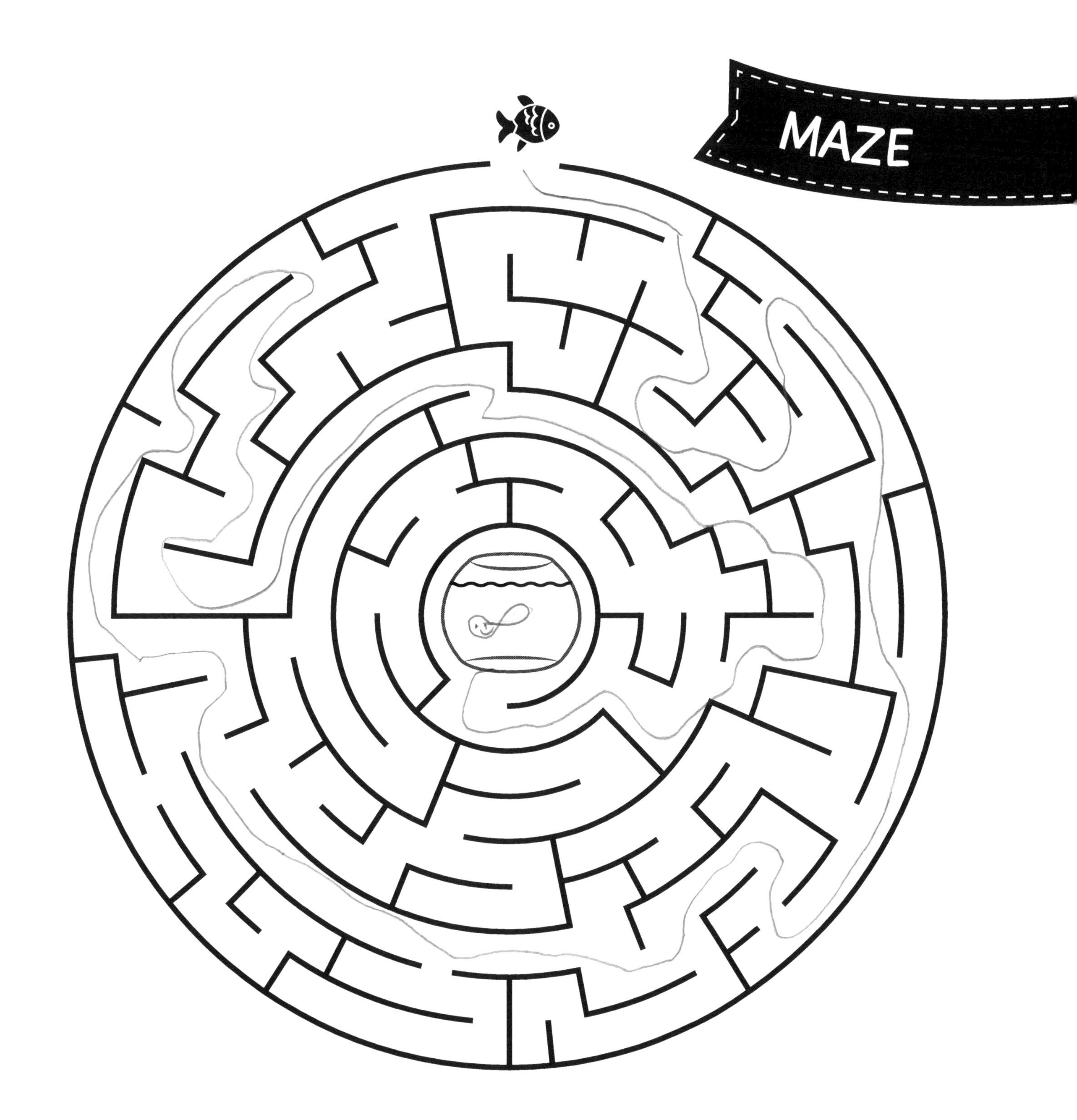
MAZE

STICKER COLLECTION PAGE

س	ع	د	ز	م	ت	ف	ل	پ	خ
م	ر	ی	ش	ه	ک	س	گ	ش	ن
ن	ی	ا	د	چ	س	ه	ک	ر	س
و	د	ج	ن	س	ی	ج	ع	س	ص
ه	ن	ی	ی	آ	ب	ل	ی	ب	ر
ل	گ	ش	ن	غ	ف	م	د	ز	ن
ت	چ	د	گ	ب	ت	ا	ی	ه	چ
ن	ر	و	ا	م	س	ه	ط	ص	ن
ط	ل	ب	ن	س	ف	ی	ع	م	ش
و	ف	د	ل	آ	ن	ع	چ	غ	ب

A review on Amazon
would be amazing!